洛溪斋随笔

史文先 著

郑州大学出版社

图书在版编目(CIP)数据

洛溪斋随笔／史文先著. — 郑州：郑州大学出版社，2022. 10
(2024.6 重印)
ISBN 978-7-5645-8935-6

Ⅰ.①洛… Ⅱ.①史… Ⅲ.①散文集–中国–当代
Ⅳ.①I267

中国版本图书馆 CIP 数据核字(2022)第 134147 号

洛溪斋随笔
LUOXI ZHAI SUIBI

策划编辑	李勇军	封面设计	孙文恒
责任编辑	孙精精	版式设计	胡晓晨
责任校对	刘晓晓	责任监制	李瑞卿

出版发行	郑州大学出版社(http://www.zzup.cn)
地　　址	郑州市大学路 40 号(450052)
出 版 人	孙保营
发行电话	0371-66966070
经　　销	全国新华书店
印　　刷	廊坊市印艺阁数字科技有限公司
开　　本	890 mm×1 240 mm　1／32
印　　张	6
字　　数	92 千字
版　　次	2022 年 10 月第 1 版
印　　次	2024 年 6 月第 2 次印刷

| 书　　号 | ISBN 978-7-5645-8935-6 | 定　　价 | 58.00 元 |

前言

　　1949 年 10 月 1 日，中华人民共和国宣告成立。同年 11 月，我在豫东扶沟县农家出生。我最早的记忆是，在我家不远处的空旷地上，土改复查工作队围坐在一扇闲置的石磨旁开会。之所以记忆深刻，是因为石磨上横着一把明晃晃的大刀，还有两个茶碗。接下来的记忆是，我大伯及众村民把家里的农具搬到大街上，供识字的人登记，满怀憧憬地加入高级农业合作社。1957 年，我在本村上小学一年级，先学的是国语注音符号，到二三年级时改学汉语拼音。1958 年秋，我和大弟弟用一根两米多长的木棍抬着一个木桶，还有一个竹篮子，去人民公社的大食堂领取馍、菜、汤，回家供老少六口人食用。1959 年，我因严重营养不良得了夜盲症。1960 年，为度饥荒，我刨过冻薯，挖过野菜，舂过榆皮，掘过狗狗秧根，采过椿头、槐叶。读高小时开始学雷锋，读初中时开始学焦裕禄。读高中时，二十岁加入中国共产党。高中毕业成了"回乡知青"。两年半后在本公社先后任棉花技术员、信用社外勤业务员、大队党支部书记。后在县粮食系统工作三十余载,其中二十年左右在粮食局机关从事文秘工作,曾参与修撰《扶沟县志》《扶沟县粮食志》。2002年,成为河南诗词学会会员。2013年出版诗集《野酸枣》。2021年,欣逢中国共产党百年华诞,我荣获"光荣在党50年"纪念章。

退休后,我定居于河南省洛阳市,远离繁杂,傍溪而居,衣食无虞,自由自在,常思新中国七十载沧桑巨变,常忆我伴祖国一同成长的艰辛历程,常念在五百里外的故土乡情,常想起六十年前的父老乡亲及各色人物。这思绪逐日萦怀,魂牵梦绕。于是乎,我决定把记忆中故土上的人和事记录下来,随忆随记,随感随录,有话则长,无话则短,至今算来计得一百余篇。今筛选出部分篇目,分为《岁月留痕》《沧桑琐记》《洛溪杂谭》和《洛溪斋诗草》四辑,安排付梓。忆海钩沉,逸老漫笔,概无惊世骇俗之见闻,经天纬地之思谋,然尚有补史、资治、激浊、扬清、劝善、逗乐之功用,有心者不妨一读。

壬寅中秋

史文先题

2

目录

附 洛溪斋诗草

辑一　岁月留痕

故乡三大景观的衰微

出许昌向东，沿 311 国道行五十公里，来到扶沟县韭园镇境内。六十年前，这里三大景观三足鼎立，相互距离不到三公里。

其一是雾烟山。在豫东大平原上，矗立一南北宽、东西窄，高耸入云之土岗。北魏晚期的地理学家郦道元著《水经注》载其名天井陵，又名烟雾山，地势险要，山上古碑断碣多千余年物，烟云缥缈，迥绝尘寰。20 世纪 50 年代前期，岗上南北耸立九重大殿。我五六岁时，曾随奶奶登过天地岗（当地人俗称），岗上古柏参天，在一大殿里，一斜梁上盘着一条龙，龙爪抓一小孩，我见状大哭，奔突出殿，自此十余年未敢登临。1966 年，我就读当地一中学，学校命学生上岗运殿宇之砖于学校，部分建筑已遭破坏，但其高度、宽度尚存。"文革"后，因扒房取土，重建的九重殿其高度大大降低，宽度也大大收窄，形如鱼脊，建筑物两侧竟不可南北同时行人。其烟云回绕早已成为传说。如今远路游客罕至，无可奈何沦为民间降香祈福之所在。

其二是明朝进士何出光墓。明代中后期，扶沟城内有兄弟两个，一母所生，兄曰何出图，弟曰何出光。弟万历十一年（1583年）中癸未科进士，兄万历十四年（1586年）中丙戌科进士，时称"一母二进士"。何出光，官至监察御史；何出图，官至兵部主事。均政声佳。何出图卒后归葬扶沟县城南；何出光卒后归葬扶沟县西湾赵村南，后称何家坟。我夫人少小生长在何家坟路北的湾赵村，1955年前后，她常随姐姐到何家坟捡拾柏壳做烧柴，言道：何家坟古柏荫郁，三两儿童不敢入内，森森之气吓人。坟冢高大，登顶北望，可视甚远。石马、石龟、碑碣甚多。1958年，临何家坟修建水打磨，石碑、石龟做了基石，坟柏、坟茔从此逐渐消失。当年水打磨建造技术原始，不能正常生产，后因水源枯竭彻底废弃。现何家坟遗址是村民责任田，仍偶见砖石残渣。

其三是王家庄园。始建于清道光二年（1822年），历时近十年，建成占地四十亩，坐北朝南，砖木结构楼房九十六间，配房一百八十间，共计二百七十六间。整体建筑群中间九门相照，内分单院、客厅，广植梧桐树。中华人民共和国成立后设立为小王庄小学，设十二个班级，教师尽住校。后来建筑逐年减少，至今尚存楼房八座，客厅三间，廊房两间。1985 年 3 月，扶沟县人民政府公布其为县级重点文物保护单位。

韭园镇的前身曾为乡、公社，从"大跃进"到"文革"后期的二十多年间，领导换了一批又一批。在当时的环境下，三大景观被视为封建迷信残余，人人欲尽除之而后快。如今看着山西乔家大院、李家大院游人如织，百姓日进斗金，家家富足，当地百姓悔恨不已。

2017 年 4 月 5 日

童年梦忆之王召

1959—1961 年是我国"三年困难时期"，当时人民公社的大食堂还在坚持。如我等十龄童一餐可分得稀菜汤豆杂面面条一瓢或杂粮瓜菜窝头一个半，食不果腹，只嫌天长。某个春日，在饭棚里，我见到了小伙伴王召。那情那景，至今记忆犹新。

少时小伙伴，王召性野顽。

从小失母爱，家中更贫寒。

那日在饭棚，王召被绳拴。

吊在棚梁上，离地二尺三。

众人低声议，小子犯哪款？

有人传实情，饿甚不得饭。

偷扒红薯母，破坏大生产。

闻者多感慨，摇头少语言。

可恨又可怜，饥寒起盗念。

2013 年 6 月 5 日

开荒记

1961 年，国家允许农民在荒岗荒坡、地头沟壑处开荒种庄稼，谁开谁种，收成归谁所有。全村众多有劳动能力的社员，出罢生产队的工后，就扛上铁锨、铁叉、抓钩到村外开荒。开出的荒地大块盈亩，小块仅如箩筐，纷纷种上大豆、高粱、谷子、芝麻、南瓜、红薯等农作物。

村里有个老汉，头戴一顶破草帽子，衣着粗布衫，背上驮着一块"尿碱图"，一把抓钩不离手，饭时不归家，力尽不喊累，不紧不慢，垦荒不止，西泓沟、南坟岗多见他的开荒地，成了村里的开荒状元。到秋后收获颇丰，红薯面馍换成了杂粮面馍，外加养鸡养羊养猪，手头宽绰起来，家里小孩衣着整齐，面色红润，提媒说亲的也多了起来。

当年我父亲是生产队的饲养员，管驶管喂，卸罢套也有忙不完的活儿，没有时间跑着开荒。

我们家大门前有一块闲置地，一亩多大，除了三棵枣树，挺敞亮一片，平时是儿童玩耍的场所，初冬时西南角窖藏我们家的萝卜白菜，我父亲决定开垦种植。但那块地由于常年荒着，土地严重板结，父亲翻土时把铁叉都弄坏了。我父亲就找重点突破，把土地挑成条状沟，将农家肥集中施在沟里，种上了南瓜、葫芦。

由于管理精细，南瓜、葫芦滚了一地，一直到后秋里还在结果。

有一片地较疏松，我父亲就栽植了烟叶，株高竟超过成年人，叶片宽大肥厚，后借用生产队的烟炕烤黄，除他本人吸用外，还到集市上卖。

父亲春天翻土时，把地下的枣树根挖断了一部分，入夏满地枣树芽子，我们兄弟几个就用剪子去弱留壮，到后秋里，一眼望去，就是一个枣树苗圃。隔年春，小枣树已长到一米多高，亲戚、邻居纷纷移植，皆大欢喜。

　　那没有移走的小枣树，有的当年就挂了果。

2021 年 4 月 29 日

一段记忆

1966 年，我在豫东扶沟县第六初级中学读初二。

当时学校成立了由激进师生组成的"文革"领导组织。"文革"从破"四旧"开始。"四旧"即旧文化、旧思想、旧风俗、旧习惯。具体何为"四旧"？老师说不清，十几岁的学生更说不清。学校动员学生把"封、资、修"的图书交出去焚毁，我的一本王力著《诗词格律十讲》，也被付之一炬。接下来就是到附近庙宇里把神像推倒，匾额砸毁，把庙宇之砖拉到学校建房子。再后来，敲锣打鼓，举着红旗，排成长队，下乡入村破"四旧"，搞重点清剿。学校的"文革"头头们，从激进学生口中得知，村里谁人爱看旧书，常讲前三皇后五帝的事，就前去破他的"四旧"。本乡有一个村庄，有唱古装戏的传统，学校"文革"组织听说了，带着学生入村，把戏装及道具全部没收。到第二年，随着"文革"领导的更替，没收的这些东西逐渐丢失殆尽。我记得，当时天寒地冻，大雪纷纷，有衣服单薄的学生身穿古戏装，足蹬粉底靴奔走于校园。

当年在我们村，有一位识字的老先生，平时为小孩起个名字，红白事查个吉日，写个喜帖、春联，颇有用场。到了冬季夜长时，大家都喜欢在牛屋里听他讲武松杀嫂，杨雄杀妻，施公、彭公等故事。"文革"一来，破除"四旧"，老先生甚为惶恐，就把自己收藏的古装戏剧书籍，诸如《白蛇传》《大祭桩》《火焚绣楼》《司马茅告状》计十多本子，藏在生产队的草屋里。

我父亲是生产队的饲养员，每天要到隔壁草屋取草喂牛，一日突然发现了这些书。父亲也识些字，知道是老先生藏在这里的。父亲想送还于他，但又怕吓着这位斯文先生，于是就把书拿到我们家里。

这真是一道美味大餐，我反复阅读，有些优美唱段，至今仍能吟诵。

2017 年 4 月 2 日

百麦不成面

"百麦不成面"是我奶奶的一句口头禅，意为一百粒麦子磨不出面粉来，教导我们应该珍惜粮食，不能浪费。我奶奶已过世五十多年，她的这句话我一直都没忘记。

我奶奶是清光绪年间生人，中等个儿，白净，小脚。我爷爷死得早，她领着两个儿子及儿媳妇过日子，经历过旧社会个体农耕，经历过土地改革。在她的操持下，日子还是过得去的。勤俭持家，是奶奶的传家宝。从我记事起，我家与大伯家及奶奶是同一锅里吃饭，没有分家，她只要看见谁的碗里没吃净，就提出批评，马上用上"百麦不成面"的话。她交代我妈及大娘，红薯要洗净蒸，吃时就不需要去皮了。她同我妈妈、大娘闲话，老是说到本村一户殷实人家，老掌柜的（家长）看见媳妇烧火做饭时火苗冒出灶台，即说："王大姐，少填些柴火，不要让火头出灶门，可惜啦。"这个故事，光我就陪着妈妈及大娘听过好多次。幼时，我由奶奶招呼着睡觉。她床下有一灰色尿罐，是她初嫁到爷爷家添置的，一直用着，我下床小便，她就说小心点，尿罐用一辈子了。她床上有一把皮鞭子，夜里听见有鼠作祟，就抽打围床席，也用了数十年。床上鞭子，床下尿罐，这两件东西一直陪伴着奶奶，直到她老去。

2017 年 9 月 22 日

怀念老家院子里的枣树

在我的老家，土院墙内长着三棵枣树，从我记事起就是那么粗，那么高。两棵是"铃子"枣，状如铃铛；一棵是"布袋"枣，状如肥胖的花生果。铃子枣农历七八月份成熟，布袋枣也称九月青，最后成熟。

20世纪60年代初，人民公社的大食堂刚解散，社员又恢复以家庭为单位做饭吃。经过"三年困难时期"，家家底子很薄，粮食不够吃。一般早上是稠稠的红薯南瓜粥，中午是面条锅里切几块红薯，馍馍就很少吃了。由于吃粮食少，油水小，大人小孩饭量都很大，但仍然饿得快。

我家有三棵枣树，比起别的家庭就好得多了。到枣子成熟季节，放学或下工回到家里，饥肠辘辘，看厨房还在冒烟，就用竿子打枣吃。午饭后到上学上工还有一段时间，饥饿感又来了，于是拿起一段木棍，抛向枣树的顶枝，红白相间的枣子哗哗啦啦落了一地，脆甜可口的枣子立刻让腹肠充实起来，出门倍觉有精神。

说来也怪，这三棵枣树中的两棵在连续三四年大结果实后，突然"发聋"了，只长嫩叶子，不肯结枣子了。那种前期白花花、后期红彤彤压弯枝干的状况一去不复返了。大人说，这是荒年过去了，枣树累坏了。

如今半个多世纪过去了，每当中秋节前后吃到鲜枣的时候，就油然想到老家院子里那三棵枣树。

2017 年 9 月 22 日

怀念故乡马鞍子地的红薯

20 世纪六七十年代,我老家所在的生产队有一块岗岭地,南北两端高,中间洼,人称马鞍子地。这块地地表二十厘米为沙壤土,下边是红黏土。当时生产队囿于条件,每年向地里送农家肥,至少得三个人才能用一辆架子车协力爬坡上去。浇水更没有条件。鉴于此,每年只种一季春红薯,入冬犁地冻晒,杀虫杀菌,接收雨雪,入春土质松软,恰似酒糟,最适合种植春红薯。

马鞍子地两高夹一洼,如遇小到中雨,雨水可渗入地里;遇大到暴雨,则径流低处,地无积水,因此春红薯经常处于半干旱状态。正是这种半干旱状态,造就了红薯的优良品质:皮呈枣红色,圆润光滑。蒸红薯锅一揭开,一股清香扑鼻,再看红薯,块块炸皮，如玉兰花开，露出莹白的薯瓤。吃一口，甘面醇香，大口吃噎人，只能小口慢咽，细细品味。吃了马鞍子地的红薯，马上吃其他红薯，只嫌水分大，不够甜，不够面，不够香。马鞍子地的红薯好吃，至少全生产队的人都知道。

遗憾的是，马鞍子地后来被生产大队统筹为砖瓦窑场，红黏土烧制成了优质砖瓦。如今，马鞍子地的称谓，只会被老家六十岁以上的老人怀旧时提及。

2018 年 5 月 25 日

诚信故事

人至老年，世事纷繁记不真，唯四十年前亲历的两件小事倒常记于心。

第一件事：1966 年秋冬之交，我和同学们响应伟大领袖号召，组队徒步"串联"。我们全凭两条腿走路，自许昌沿京广线到武汉至长沙再到韶山，然后乘火车返回老家河南。火车上坐在我对面的也是位"串联"的青年，他是山西省翼城县高中的学生。我们见面相谈甚欢，就彼此留了姓名、地址。当时已至 1967 年年初，临近春节，大家归心似箭，车到许昌站，我和他握手道别后，便匆匆下车而去，到家才发现我的搪瓷茶缸遗忘在了火车上。两个星期后，我突然收到了翼城县高中这位同学的邮件，茶缸完璧归赵并附一信，信中说他把茶缸一路带到北京，又从北京带到山西，到了学校就马上给我邮寄回来。后来我们又通了两封信，再后来时局变化，便失去了联系。

第二件事：1975 年，我在农村驻队，与社员同吃同住同劳动。当时文化生活比较贫乏，我弟弟从部队寄来一个收音机，比一块砖头稍小点，我天天收听，甚至骑车也放在车篮里听。时间一长就出现故障。打听到村庄附近学校里有位老师会修电器，我就拿去让他修。他把收音机后盖打开摊在办公桌上，答应抽空修理。过段时间我来取时，发现收音机是修好了，但后盖螺钉却被弄丢了。无奈，我只好用皮筋捆住，很麻烦也不雅观。后来我就依照收音机上的生产厂家地址，给江苏南通无线电三厂写了封信，要求邮寄一个后盖螺钉，随信夹寄一元钱。时间不长，螺钉寄来了，并附一短信："螺钉 0.20 元，邮寄费 0.16 元，余款化作邮票寄给您，望妥收。"

两个真实的故事，犹如昨日。信义如同水源和空气，无论是从前还是数十年后的当下，无论是个人还是行政企事业单位，都要尽全力守护。

2016 年 5 月 2 日

君子成人之美

1975 年，我二十六岁，被派到一公社某大队任党支部书记，固定在第六生产队轮流吃"百家饭"。队长告诉我，有四五家不是没人手就是窝囊，别去他们家吃饭。我听了并没在意，只管逐家逐天吃派饭，三顿饭结束，放在主人家餐桌上一斤二两粮票和三角钱。

一天收了工，社员刘勤学的爱人拦住我说："支书，队长通知我家不让管干部吃饭，俺咋啦？眼看孩子都到寻媒的年龄了，叫人听说驻队干部都不上他家吃饭，叫俺以后咋混人呀？"我一听，立马意识到这个问题很严重，就说："吃，晚会儿我给队长说，你家也得管饭，不能搞特殊。"勤学家的听我一说，马上神采飞扬起来。

到勤学家第一顿饭是汤面条、蒸红薯。热红薯块不大不小，圆润诱人。我吃罢红薯端碗喝汤面条，突然发现有几根面条一头呈枣红色。我判断应该不是菜叶染的。我装着咳嗽来到院子里，发现盆子里有枣红色的染布颜料水。我于是把带颜色的面条用筷子夹断，趁勤学夫妇不注意，放在红薯皮里裹住，然后坚持把剩下的面条喝完。临走连说"红薯好吃，红薯好吃"。勤学夫妇甚是高兴。

转眼四十多年过去了，前不久，我特意打听勤学家的状况。村里人说，他儿子娶了媳妇儿，女儿出嫁了，勤学夫妇均已下世，重孙子都到入学年龄了。

2017 年 5 月 17 日

中原农民常吃白馍美梦成真

　　这里所说的白馍，也就是麦子加工成面粉后蒸的馒头。麦子面馒头色白，味道香甜，是中国北方人民的最爱，故称之为"好面""细粮"。其他秋粮如玉米、大豆、谷子、高粱、红薯片等磨制成粉后，蒸出的馍馍，其色、香、味均不及麦子面馍馍。麦子好吃，但麦子面馍成为人们餐桌上的主食，还是近三四十年的事情。在国民党统治时期，战乱频仍，水利条件极差，农具原始，作物品种老旧，又无化肥施用，小麦产量很低。以河南东部平原为例，亩产也就是一百公斤左右，自种地及租种地农民，除去苛捐杂税，所剩无几。平日以杂粮兼糠菜为食，白面馍只有在逢年过节，家有客人、病人时才能见到吃到。我小时候常听大人说起旧社会，村里以农耕为主业的中、小地主，食分三等，当家的吃白馍或花卷馍，家里人吃杂粮馍及花卷馍，雇用的长、短工常年吃杂粮馍。中原长期流传一出小戏叫《小二姐做梦》，她梦见自己在春节时嫁到婆家。初嫁新人，吃饭颇为拿捏，不吃或少吃，婆家人劝道："不吃不喝算咋着，过了三天又是窝窝。"窝窝即用杂粮或兼薯菜做成的拳头样黑馍。

　　我与新中国同龄，完全记事时，"三级所有、队为基础"。当时生产队的庄稼长得并不好，化肥不好买且没钱买，粗肥是社员交到队里的，土多有机质少。庄稼秸秆用作社员烧柴，修房盖屋，集体喂牛喂驴，还田为肥的很有限。据记载，豫东平原当时小麦亩产在一百公斤左右，个别年份个别地块达一百五十公斤以上。当时当地政策规定，除了以每公斤三毛钱左右的价钱卖给国家作农业税外，集体留足种子、饲料粮、生产粮、五保粮等，社员夏季人均可分得小麦四十至六十公斤，年均月食用量五公斤及以下。秋季以鲜薯为主，社员切片晾晒时，如遇阴雨天，就得全年吃霉变的薯干。这种薯干加工成馍，黑如猪肝，味略苦，难以下咽。那个年代，老年人劝小孩读书或学手艺，常说的一句话就是：好好学吧，学好了吃好面馍。

到20世纪80年代，农村体制改革逐步深化，家庭联产承包责任制深受农民欢迎。农民可在自己的责任田里尽心尽力、自主科学耕种，有了收成，给够国家的（农业税），交足集体的，余下是自己的。在我的老家，农民科学种田，把小麦与棉花间播套种，冬春一地麦，夏秋一地棉，折实小麦亩产可达三百五十公斤左右（近年达四百公斤以上）。尽管当年有的地方对农民乱摊派，滥提留，但农民手里仍然有足够常年吃白馍的小麦。也就是在那时，中原农民那个祖祖辈辈梦想常年吃好面馍的日子到来了。

2017年2月20日

女导游高向蓬

2017 年 10 月下旬，我们报团由洛阳出发游香港、澳门、桂林。高向蓬带着二十五人团，倾心负责，帮八十多岁老夫妻下车上船，安置行李；帮大伙开通手机漫游、照相，等等。一路上她呼前顾后，往复奔走，表现出热心、耐心、大度。在她的带领下，全团人人心情愉悦，行程安排环环相扣，恰到好处。归来时得知小高年过而立，喜文学，寻常人家，育二子，个个茁壮。看到她名字不俗，故吟《姓名诗》如是：

识得淑女洛水畔，
高尚总是出平凡。
向来赤诚暖人心，

蓬蒿一鹤排云天。

2017 年 10 月 29 日

堂兄运清

我的堂兄名叫史运清，生于 1948 年，他的爷爷的父亲和我的爷爷的父亲是亲兄弟。在我们堂兄弟中，运清哥是老大，我小他一岁，排行老三。堂兄1965 年初中毕业，次年即在本村做民办教师，退休前是小学校长。2017 年，堂兄因病去世，终年六十九岁。我在外地得知他逝世的消息，十分悲痛。他青少年时期勇于战胜艰难困苦的诸多往事，一幕幕浮现在我的眼前……

我和堂兄是伴随中华人民共和国成立前后而诞生的一代。堂兄上有爷爷、奶奶、父母和姑姑，孩提时代家庭安定祥和。但日转星移，随着爷爷奶奶的衰老、姑姑的出嫁、三个弟弟的出生和他父亲疾病的增多，"饥寒"二字成了躲不过的大问题。堂兄读书到小学三年级的时候，年方十岁，遇上了国家"三年困难时期"，小兄弟们啼饥号寒。穷人的孩子早当家，堂兄勇敢地挑起了求生存的担子。我们同他一起到村外拾柴、割草，他的篮子总是第一个装满。当我们放学后只知道打闹时，他已经开始采野薄荷、采国槐豆、挖野生地到供销社去卖钱了。堂兄十一二岁就学会了封罾捕鱼。记得是 1961 年春，他把捕到的两寸左右的小鱼放到鏊子上焙熟，用书纸三四个包一包，让我陪他到村南公路（现311 国道）上卖，每包两角钱，竟也有行路人购买充饥。尽管如此，一家人的饥寒问题并不能解决，大伯只好不厌其烦地到大队干部家要求发国家购粮证。有了购粮证还要有钱购买，大伯和堂兄就决定在家开卤肉锅卖卤肉。大伯在乡村或集市上买回生猪，卤好后由大伯背上个竹篮子，十里八乡叫卖。购买者因钱少不能多买，大伯一两二两也卖。一秤来百秤去，一头猪卖完，有时只赚点肉汤、猪鬃钱。开卤肉锅需要烧大量的柴火，平原地区柴源匮乏，堂兄就拿着绳子、斧子和长柄鹰嘴铁钩子，到村外荒岗上砍野酸枣树。野酸枣树全身长满尖锐的刺，手不能拿，堂兄只好用铁钩子搂在一起，用绳捆了拖到家。酸枣树晒干后，需用带叉的火棍塞进灶膛，一不小心，就刺伤身体。柴火实在缺乏时，就烧猪骨头，我家同堂兄家相邻，没少闻火烧猪骨头的味道。

1961 年冬，经济市场、文化市场较为活跃，堂兄时年在读高小，就学画鸟头字卖，内容诸如"春前有雨花开早，秋后无霜叶落迟""鹤舞千年树，虹飞百尺桥"等。农村又允许挂宗亲画轴了，堂兄画得像模像样。这些迫于生计、敢于动笔的行为，使他以后在书画方面颇有造诣。

1962 年秋，堂兄考上了扶沟县一中。大兄长考上县城的中学，对我们也是一种激励，第二年二兄长考上扶沟六中，第三年我也考上了扶沟六中。运清哥每逢星期天回来，总要借他们同学的连环画给我们看。这些连环画，有四大名著系列，有近现代革命斗争系列，还有《伏龙芝》《柯楚别依》，等等。

1965 年，堂兄初中毕业，回到了村里，参加集体生产劳动。后"文革"骤起，但他为人低调，处世平和，于三尺讲坛教书育人，倒也安稳。到了1983年，民办教师转正，堂兄吃上了商品粮，当上了村小学校长。在新建的村小学里，堂兄发挥了他能写会画的特长，画高山流水，画红日青松，画喜鹊闹梅，写劝学箴言，把村小学打理得清丽宜人。

2021 年 12 月 24 日

辑二　沧桑琐记

小满会

说一说20世纪五六十年代中原小满会。

小满是入夏后的第二个节气，意指冬小麦正值灌浆期。过了小满，夏粮收割就逼近了。

中原收麦叫过麦，如同过年。小满到芒种只有十五天左右的时间，农谚说：芒种忙，三两场。到了芒种，小麦就进入收割打场的高潮期了。那时割麦靠人工用镰刀、铲子，脱粒靠牲口拉石磙碾轧。

"工欲善其事，必先利其器。"收、打、种、储等各方面准备不可轻视。于是，小满会应运而生。

当时老百姓约定，在大点儿的村庄且相对中心的地方，临时增加缞会，便于麦货的购置与器具的维修。小满会上大都是三里五村的村民，木匠卖镰把、杈把、木锨等；铁匠卖铲子、镰刀；麦货商卖桑杈、大扫帚、牲口套、笼头、长鞭，还有磨镰石、储粮穴子等。

这种小满会，天蒙蒙亮就开市了，日出一竿就散了，一连五六天就结束了，来年照旧。

2018 年 5 月 21 日

一语成谶

　　20 世纪 50 年代末，中原农村干活大集体，吃饭大食堂，一些公社、大队干部，忘记为民宗旨，高高在上，脱离实际，脱离群众。话说七月天，某生产大队让一群五十岁以上的老太太到大豆地里剔草，上午十点多钟，天气炎热，饥渴难耐，众人呈怠倦状态。大队干部伍风叉着腰对老太太们训话："每人再剔三垄，赶快剔完，不许偷懒，干不完中午不让吃饭。"言罢又撂一句："我们几个到北边河里洗个澡马上回来检查验收。"伍风带随从刚一走远，众老太切齿咒道："淹死他个赖种。"约莫半个小时，河边消息传来，伍风溺水而亡。

　　原来伍风溺水的那条河是上年刚开挖的一条运河，西起许昌市东郊，东至贾鲁河西岸，长一百多华里。当时伍风所在大队的田地紧邻运河南岸，是一段岗岭地，运河挖通后，其河坡陡而长，水面以上无依无靠，水深两米有余，河底有淤泥。伍风溺亡的消息传来，众老太面面相觑，谁也不敢多说一句话。

2018 年 3 月 12 日

"挝"字的妙用

　　相声大师侯宝林有一个段子，说河南人说话简洁：俩人夜住一室，分居左右套间。甲：谁？乙：我。甲：挝？（音 zhuā）乙：尿。这里的"挝"字是"干什么"的意思。

　　我今天重提"挝"字，讲一个 20 世纪 60 年代初的故事。说的是豫东某农村，"三年困难时期"刚过，粮食紧缺，人人吃不饱肚子。村里有一单身懒汉，惯于偷鸡摸狗，聊补无米之炊，一日偷得邻村鸡两只，在自家锅里烹煮。懒汉盘算，单纯吃鸡有限，决定爬到村头榆树上取些榆叶，放在鸡汤里一起炖。那年头，几乎家家养土鸡，一家炖鸡，满村飘香。村里有人猜准又是懒汉偷鸡吃了，心想，不义之鸡，窃之无妨，于是瞅准懒汉外出，跳过荆棘墙，拨开透风门，尽取鸡肉而走。懒汉采得榆叶后到家一看，锅里唯余鸡汤，非常生气，站到大街上骂："你妈妈的，你挝哩！我挝哩！我没挝哩，你挝哩！"

懒汉骂街，别人听不明白，唯越墙锅里捞鸡者明白。

2017 年 11 月 13 日

柳全老汉

1906 年，柳全出生于豫东扶沟县一普通农家。柳家到柳全出生，已两辈单传，家里人对小柳全是千呵万护。事有不测，在柳全五六个月时，他的姑姑将他托于掌上"打能能"，一时失去平衡，柳全跌于掌下，从此一条腿无力，走起路来上半个身子左右摇摆，成了残疾人，长大后被人背后呼作柳瘸子。柳全长到二十岁，家里还有十多亩地，一处草房宅子，竟也娶到了老婆。20 世纪 40 年代初，河南大旱，又遇蝗灾，日寇进攻中原，兵连祸结，柳全家仅剩四五亩薄田，在艰难中苦度时光。

中华人民共和国成立后，柳全家在土地改革中被划为贫民，分得了部分土地，柳全唯一的儿子也娶到了媳妇。人民公社时期，柳全作为公社社员，身残志不残，积极参加集体生产劳动。以他的身体条件，下田耕地不行，看场护坡不行，管理集体的菜园子也不行，只好与儿子搭配为生产队喂牲口。柳全主喂，儿子当把式，卸套后负责担水、换淘草缸、领饲料、运饲草等。

1958—1960 年，柳家庄大队和其他大队一样，吃起了人民公社的大食堂，社员严禁生火做饭，以家庭为单位，提篮端盆到大食堂领饭。一开始，大食堂还挺热闹，大锅、大蒸笼、大条缸，排队按人口定量分配饮食，离家远者，带着碗筷可就地就餐。但大有大的难处，到中后期，粮仓空洞，就只好以瓜菜替代了。柳全为保证牲口准时使役，就把饭领回在饲养室吃。这天，儿子一大早到村头打麦场担饲草，迟迟不回，柳全闻听大食堂领饭的钟声，赶忙在槽里添足饲草，提上个竹篮子，端着个红瓦盆子去领早饭。他把分到的萝卜丝掺豆糁咸窝窝头放在篮子里，挂在胳臂上，两只手端着半盆稀饭，一歪一斜地往回走。忽听大队长柳奎喝道："谁都不能走，现在开个会！"众社员中有就地吃饭的，并不惊慌，有计划回家吃的，个个满脸无奈，欲走又停。柳全与柳奎是一个生产队的，又在一个辈分上，就说："奎，你侄儿到场里去担饲草了，饲养室里没人，牲口还缺两笓篱草，我还是回去吧，喂不饱没法上套。"柳奎翻眼看了柳全一眼，高腔喝道："就你话多，就你特殊，就你光棍儿，会不开完，谁也不能走！"柳全站在那里，满脸蜡黄，不再说话，一动不动。约莫五分钟后，柳全突然吼道："不吃他妈那×！"把稀饭盆子向一处空地扔去，盆子应声落地，摔得粉碎，稀饭四溅，流了一地，馍篮子同时掉在地上。柳奎一看，勃然大怒，三步并作两步，上前扭住柳全一只胳膊，顺势一推，把柳全推倒在地，口里大吼："反了你了！反了你了！"柳全侧身躺地，老泪纵横，大哭不止。在柳全周围，立即站起三个社员，两个架起了柳全，一个提起了窝头篮子，缓缓向饲养室走去。柳全一路哭泣，后面传来的是柳奎的讲话声。

　　柳全老汉到家以后，歇息了半天，晚上照样与儿子打理牲口，只是不说话。过了三天，在晚饭时刻，柳全同儿子、儿媳开了腔："我这是埋到土里半截子的人了，没脸没面也没啥，你们都还年轻，出门见了奎，脸上别含气，该喊叔还要喊叔。过日子比树叶还稠。"

1960年末，大食堂关门，恢复一家一户生火做饭。随之而来的是扫除"共产风"、浮夸风、强迫命令风、生产瞎指挥风和干部特殊风等"五风"。柳家庄的两个驻队干部和生产大队的干部，在社员大会上接受群众的批评。有点文化的干部都拿支笔，拿个本子低头写些什么，不识字的脸都呈阴沉状听群众的发言。柳奎在不识字之列。一多子女母亲诉道：因在大食堂蒸笼上、饭缸里收残食而遭到大队干部的侮骂。一男社员诉道：因出工走在了后面，被驻队干部罚在田间路上跑步，往返一公里多，跑完后几近瘫软在地。在控诉的人群中，始终没有看见柳全老汉。转眼十年过去了，柳全老汉于六十四岁那年去世，生前一直为生产队喂牲口。

2021年6月6日

学生不是吊孝客

　　"文革"前期，中原一乡镇中学自发成立了十几个"革命造反组织"，他们批判"封、资、修"，批判"走资派"，批判对方组织在"保护""打倒"当权派方面的不正确。当时学校停课闹革命，各组织都办有大批判专栏，鼓角争鸣，各不相让。话说某学生组织，在离学校不远的村庄一民房里撰写大批判文章，以避其他组织抢先看到内容，然后到学校领取笔墨纸张，由毛笔字写得较好者写成大字报，再到学校张贴。且说某学生拿着一卷黄草纸刚一进村，就听见鞭炮唢呐之声，知道是村里死了人要埋殡。学生再往前走，立即有两个人迎了上去，一人递纸烟，一人递黑袖章，问是哪家客到了。学生红着脸说："我是学生，纸是写大字报的，不是吊孝哩。"对方听后，忙说："误会！误会！"遂收起纸烟、黑袖章就走。

2018 年 12 月 1 日

无言以对

20 世纪 60 年代末，物资匮乏，商店的肥皂、香皂供不应求，蓝斜纹布更是稀缺品。中原某公社驻地有一所中学，有一名姓申的同学很想买块蓝斜纹布做条裤子，就去了公社供销社，进店去问营业员小王有没有蓝斜纹布到货，小王说没有。话音刚落，公社一机关干部进门就问："小王，你给我留的蓝斜纹布呢？"小王忙从柜台下拿出一卷包好的布递给了这位干部。申同学回到学校把情况讲给大家听，众人七嘴八舌，主流意见是待人不平等，属不正之风，应写她的大字报。申同学马上展纸，一挥而就。众人忙让念来听听。申同学念曰："某年某月某日，我去某某供销社想扯块蓝斜纹布，进店问女营业员王某某……"

　　众人听罢，都说可以，让其马上贴到供销社门口。此时，不识字的老工友朴大爷也在一旁静听，马上说："不妥！人家是个女的，截布就截布，撕布就撕布，买布就买布，你说扯布，你跟人家女孩扯什么扯？"众人听到老朴发言，感到很有趣，均哈哈大笑。有同学趁机说："现在是工人阶级领导一切，老朴大爷就是工人阶级，提的意见非常好！老朴，你继续批判他的错误，不然他到社会上会吃大亏。"工友老朴不识是计，脸对脸批判申同学，重复来重复去，不厌其烦。申同学脸憋得通红，无言以对。

2017 年 11 月 9 日

性格决定命运

20世纪60年代初，中原农村有个叫孟阿贵的男孩，是个独生子，从小父母将其视为掌上明珠，甚为娇惯。环境影响性格，孟阿贵自幼气量狭小，抗逆性、耐受力差。这一年，孟阿贵十四岁，考上了初中，因为小升初考分高，还被校方指定为学生会主席。但因性格怪异，孟阿贵经常因只言片语与同学闹矛盾，哭鼻子并不鲜见。如学校让学生拿起蝇拍灭苍蝇，每人每天不少于三十只，阿贵把打死的苍蝇装在洗净的墨水瓶里，交生活委员认可。有同学说，别人打死的不能算数，阿贵哭天抹泪地与人赌咒，以示冤枉，以表清白。由于阿贵不具学生干部的素质，第二学期竞选学生会主席就落选了。

初中毕业，孟阿贵回村参加生产劳动，由于弹得一手好琵琶，还曾参加大队的毛泽东思想宣传队。后因与人不和，就回到了本生产队。再后来就娶妻生子，把两个女儿养大成人，一女远嫁，一女留在他身边招了个养老女婿。翁婿一起生活，时间一长，有了嫌隙。可阿贵的性格，是不大会处理矛盾的。一日因琐事与女婿又争执起来，女婿拿起一瓶农药就往嘴里灌，顿时口吐白沫，气绝身亡。阿贵大呼："你会喝药，哪个不会！"遂捡起女婿喝剩下的农药瓶子，咕咚咕咚地喝起来，顷刻间气若游丝，命丧黄泉。

2018 年 7 月 5 日

杨骚胡就是杨公羊

20 世纪六七十年代，中原某县医院，医生问就诊农民叫什么名字，答：杨骚胡。

医生一时想不起"骚胡"二字怎么写，又不好意思问，忽然想起农村都将公羊称为骚胡，于是在处方笺姓名栏里填上"杨公羊"三个字。

诊毕，杨氏去划价、交款，然后把方子递进取药窗口，等待发药。

少许，里面医务人员叫"杨公羊"，三声毕，仍无人应，遂将药放在一边。

杨骚胡因无人叫自己的名字，也不敢多问，就等着。眼看就要下班了，杨骚胡一个人站在窗口外，十分焦急。

里面突然又叫"杨公羊"，外边说："我叫杨骚胡。"

　　医务人员说："公羊、骚胡是一个意思，这药你快拿走吧，要关门了！"

2017 年 6 月 12 日

少儿用计之围魏救赵

20世纪60年代，每个村都有集体牛屋。寒冬时节，为保证牲畜不受冻害，允许在饲养室生火取暖。话说某饲养室一堆木柴火旁，围满了取暖的人，小硕的爷爷身穿宽大的粗布棉袍，抱着小硕蹲在火堆旁，一个人占了三个人的地方。小硕的爷爷身后站着四个十来岁的小孩，急于取暖而不得近前。一孩童见两岁的小硕一条胳膊伸到他爷爷的背后，就捏住小硕的一根小指头缓慢施加压力。小硕感到不适，嗷叫一声，爷爷忙查原因，不得结果。过了一会儿，小硕又嗷叫一声。少顷，小硕突然哭了起来。爷爷说："这孩子是咋啦？一会儿一闹，走，不烤了，回家寻你妈去。"小硕的爷爷抱着小硕一走，四个小伙伴儿见缝插针，取而代之，向火而乐。

2017 年 8 月 18 日

干爷活了一百零二岁

　　20 世纪中原腹地，我夫人娘家村里有一个叫赵心启的农民，生于清朝末年，卒于 21 世纪初，活了整整一百零二岁。老人是我岳父的干爹，我夫人兄妹几个都叫他干爷。老人奇特的故事，我听了一遍又一遍，现记述如下。

　　老人原生养有一个女儿，长到二十几岁嫁了人，没想到爱人又怀孕了，本想该生一个儿子，结果又是一个女儿。同族人都感到美中不足，老人却非常坦然，视小女如掌上明珠，取名赵稀妮。

　　20 世纪五六十年代及之前，农村人食用油的获取一般是到遍布城乡的油坊用油料兑换，或用现钞购买。那年代盛食用油都是用瓦罐，瓦罐有大有小，罐口有罐鼻子，以便拴上绳子提来掂去。一天，心启老人一行数人同到一乡间油坊灌油，每人肩上扛一根两米多的棍子，把油罐子拴在棍子的一头，吊在身后离衣服较远的地方，以防油洒到衣服上。一行人灌好了油后便往回赶，一只手握着身前的棍子，小心前行。心启老人一不小心，致身前木棍翘起，油罐滑落坠地，应声破碎。只见他扛着棍子继续前行，没有向后看一眼。众人都说罐破油洒你咋不扭头看看呢？心启老人说："不看也知道咋回事，看它干啥！"他的所言，正应了古人"既坠釜甑，反顾何益"之说。

那年代，农村大都住草房，烧柴火，易遭火灾。某日，心启老人正在村头公路边同人下棋，有人报信说他家中失火。他到家一看，房顶已烧毁，就进到屋内扒弄什么，过了一会儿，捧出一个大白碗，碗中全是象棋子。老人翻弄着棋子，一边说："可惜，烧坏我一匹'马'。"

老人一生兴趣广泛，年轻时识些字，终身爱读书。看到进村的说书艺人拉坠胡，自己就摸索着造出一把坠胡，竟也拉出了调子。看到进村玩杂技的，

也留心学上几手。老人一生坦坦荡荡，无忧无虑，
不与人计较得失，环境艰困，世代变迁，总能适应。
知之者说，心态好，能长寿。

2018 年 7 月 15 日

接车记

20 世纪 70 年代，中原农民生活用燃料主要靠庄稼秸秆和煤。当时生产队田里的庄稼秸秆和秧蔓用途广泛，如修盖房子、喂牲口、喂猪羊、沤肥、烧锅、铺床等。由于集体的庄稼秸秆有限，农民不得不趁农闲拉上架子车到西边山里（京广线以西）拉煤以补充燃料的不足。

去山里拉煤，即使靠近京广线的豫东农民，往返一趟也需要走一百五十公里左右，途中吃干粮，睡干店。重载返程，一步三滴汗，家家人困马乏，于是就有了家属接拉煤车子的队伍。当时没有移动电话，返程到家日期都是在正常情况下判断的。

话说豫东王家庄农民王文涛六天前出门拉煤，家属算着第七天当回，于是十二岁的儿子留根就随同村人徒步向西沿公路接他爹。眼看天就要黑，留根还没有见到他爹。当时公路上没有路灯，接车人须盯紧了才行。留根为了顺利接到他爹，于是就一路呼喊着："王文涛！接车的人在这儿哩！王庄的王文涛！接你的人在这儿哩！"这招还真灵，留根在呼喊中果然接到了他爹。留根爹把留根带来的绳子拴在右车把上，留根把绳子放在肩上，使劲地往前拉，留根爹顿感脚步轻松许多。俩人走了一段路，留根爹突然问留根："你咋喊我的名字呢?"留根说："我怕叫爹有人答应，占咱的便宜。"留根爹笑笑说："也是。"

2018 年 6 月 22 日

都怨自己不会混

豫东某村，有个社员叫刘七，年轻时参加过土改工作，是个民兵，因工作积极还入了党。刘七不识字，不辨东西南北，厘不清亲戚关系。他人长得黑，眼睛又小，年近五十的人了，一直娶不到老婆，光棍一人过日子。

这一年临近春节，天降大雪，闲散社员都钻进生产队的牛屋烤火、聊天，刘七也在其中。

话题扯到女婿春节到岳父、岳母家走亲戚，村里的年轻人拦住，不但让其掏钱买纸烟、买炮仗，还往脖子里塞雪。大家举了不少这方面的例子。

刘七听得情绪激昂，说："这都在自己混哩，我上董村（其姥姥家）走亲戚，没有一个人跟我乱！"

众人大笑，刘七到底也没闹明白大家为啥笑他。

2018 年 1 月 16 日

悠悠万事，唯酒为大

20 世纪 70 年代，中原有个生产队队长，名叫李孝良，是父母的独生子。父母老来得子，对孝良是千娇万宠，如今均年迈体弱。这孝良嗜酒，酒比天大。

忽一日，父亲气息奄奄，命在旦夕，族内老人忙招呼孝良："快凳（音 dèng，方言，支起来之意）灵箔。"

孝良说："家里缺两条长板凳，我去邻居家借来就回。"孝良小跑到邻居家，直闯进人家堂屋，见邻居正与客人喝酒，孝良心里痒痒。邻居见队长来家，立即斟酒放筷，热情劝饮。孝良怕说出自己家里有急事儿，影响进酒，就未说明来意，只管吃酒夹菜。

约莫两支烟的工夫，忽听自家院里哀声大放，才想起来借长凳之事，遂告退哭爹而去。

2017 年 12 月 15 日

涩味笑柄

20 世纪 70 年代，中原一农村青年有幸到公社供销社食堂当学徒工，一时引起全村人谈论及羡慕。那时候农村人除了务农，就是找个公家的营生，其他几乎没有什么就业门路。一段时间后，同村另一青年决定到供销社食堂去看看他，意在有好事遇上也说不定，至少可以吃顿好饭。

这学徒正忙，见同村伙伴来找，就把他让到自己住室先歇着。这青年把整个房间看了个遍，最后在靠床的桌子一角发现一空点心盒子，里面放着三条油炸小焦鱼。每条鱼不盈二寸，但焦黄诱人。也是他一路走来有些饥饿，就三口两口把小鱼全吃进肚去，随后就胸闷、头痛、呕吐，浑身无力。幸有学徒中间回房，知道同村伙伴误食耗子药，赶紧背

上去了公社卫生院，打解毒针，吃解毒药，直折腾
到第二天方才脱险回村。好事不出门，坏事传千里，
惹来村里人好长一段时间的议论。

2018 年 3 月 5 日

爷爷爱孙子

20 世纪六七十年代，乡称公社，村称大队，大队下辖若干生产队，村民谓之社员。农村田地集体耕种，社员出工记工分，生产队向国家缴足农业税后，留足种子、生产粮，余之粮、油、柴、草、果蔬按人六劳四分配。可见当时中原地区的社员生活物资普遍紧缺。

村里有位年近八旬的老爷爷，两眼昏花，又因大病后遗症，两腿有点跛，手拄拐杖，尚可行路。一日，老爷爷正在大路上蹒跚而行，忽然看见地上有一粒花生米，且呈浅黄色，好像是炒熟的那种。老爷爷捡起来，想了想，装进衣兜里，径直回家找孙子而去。他叫来孙子，掏出花生米，递给孙子吃，孙子马上塞进嘴里，然后跑向妈妈说："爷爷给的花生米嚼不动。"妈妈从小孩嘴里掏出来一看，原来是颗牙齿。妈妈沉思良久，一言不发，两行热泪涌出。

2018 年 5 月 13 日

年少莫轻狂

20 世纪中后期，在农村，先进的交通工具当数自行车。一日，一学生家长骑一辆自行车，后面坐着十多岁的孩子，行走在通往县城的公路上，他们是去县医院看病的。

那年头，公路上机动车辆不多，道路两旁有足够宽的路面供骑车或步行的人来往。话说家长骑着自行车正在前进，后面忽然蹿出来一个骑自行车的年轻人，猛蹬三下，超车在前，一边扭动车铃丁零作响，一边扭头看后面的骑车人。学生家长因有事在身，也不计较，只管快速行进，于是就超过了年轻人。年轻人紧蹬几下，就又超过了学生家长，并反转脚踏，引起车轮、轮盘和链子哗哗作响。此时，学生家长看见年轻人车子后面的行李架上，一袋四五千克的小米袋子扎口处开始松动，有少量小米撒落。随着年轻人的张狂，小米撒落渐次增量。又骑了有三公里多，米袋子瘪了，年轻人却浑然不知。学生在家长背后坐着，只看见路上有小米散落，也不知是咋回事。家长的自行车要拐弯了，年轻人还在前面逞英豪。家长对孩子说："本应告诉年轻人的，但年轻人太狂妄了，让他自省吧。"

2018 年 6 月 19 日

过肉瘾

20 世纪 80 年代初，中原某县医院的外科病房里，一对夫妇因琐事发生争吵，互不相让。女的急了，加大腔调说："恁好着哩，你爹逢会没少吃人家的篮肉，从街东吃到街西，就是不掏钱。"男的听此言，满脸通红，不再争吵，佯装要办事，夺门而出。

女人说的逢会吃篮肉是这样的：在 20 世纪六七十年代，各乡镇都有集市，农历每月逢一、四、七或二、五、八，或三、六、九，十里八村的农民集聚贸易。那些年家家都养猪，但防疫做得并不好（或是其他原因），猪的死亡率高。农民为挽回一些损失，就把死猪煮了到会上卖。在一个竹篮里，装着熟肉，放一把刀，再加一个带盘杆秤，蹲在街头出售。那年头老百姓一年到头吃不上几回肉，县、乡食品公司（站）收购的生猪都供应城市了，基本不卖肉。于是个别害肉瘾又缺钱的村民，就来到集市上，瞅准篮肉摊子，佯装购买，要求品尝。卖肉者割下一小块递过去，尝者总是以不烂、不咸、不香、不鲜等为借口不购买，嚼着肉离去，再找另一个卖篮肉的。这样一条街尝下来，也基本解馋了，过瘾了。

2018 年 1 月 22 日

以骑马姿势卖花生

如今在集市上卖生花生、熟花生，摊主有椅子或矿泉水伺候，俨然一个大老板。然而在 20 世纪六七十年代，农民在集市上卖点花生，就像游击队，呈骑马姿势，随时准备脱逃。

那时候国家对生产队都下达有统购任务。特别是植物油，因油源主要来自花生、棉花，转换油料的时间长且产量低，可是需求又很大，有时一直到来年三月还完不成任务。任务完不成，就不准社员拿花生到集市上卖。社员本是将自留地或大田地复收的少之又少的花生拿来变现，也不行。各公社的市场管理单位（后来的工商所）严管市场，打击没收，冷酷无情。卖者提篮上会须提防市管会没收，被没收的花生，原则上生的交粮管所，煮熟炒熟的由市场管理单位内部处理。

2018 年 1 月 22 日

烧饼张

豫东某县老电影院大门外有三十多层台阶，台阶上经常有退休老者聚集，闲坐闲聊。

一天，老者们聊起《水浒传》一百单八将，议定谁能说全三十六个天罡星和七十二个地煞星的星宿、绰号、姓名，说出最多者为胜，一人纸笔记录。

在电影院右侧台阶下，有一执炉打烧饼匠，五十开外的年纪，姓张，南街人氏，人称烧饼张。此人初中文化，年轻时痴迷水浒英雄，能背出一百单八将的绰号、姓名，如今为生计忙于卖烧饼，《水浒传》已很少翻阅了。

他听见众人争相报出将星，心里痒痒，一边打烧饼，一边思索。忽然想起地走星飞天大圣李衮和地稽星操刀鬼曹正，立即跑到记录员跟前让记录。

记录员不会写李衮的"衮"字和地稽星的"稽"字，烧饼张忙用废弃的冰糕棍写给他看。

忽有人大呼："烧饼炉子冒黑烟了！"

烧饼张方才发现误事了，忙往回跑。一看，一炉烧饼恰如黑炭。

2017 年 10 月 15 日

风卷残云

20世纪90年代，豫东某县新开了一家酒店，一时客人如潮。这天，食客在一雅间推杯换盏好一阵子，然后吆喝上主食，又是互劝进食好一阵子。突然，食客一起走出雅间，出酒店大门而去。这时酒店服务员、炊工五六个人跑进雅间，收烟的，收酒的，饭菜打包的，还有用筷子、勺子当场进食的，乱作一团。正当一帮人收拾完毕将要离开时，食客突然又回来了，大声相嗔："我们去送客，你们怎么不吭气把席给撤了？"众人面面相觑。最后，酒店负责人只好给席上无偿放了几包香烟才得以平息这场风波。

2018年9月27日

"人家是忠臣，咱是奸臣"

　　小潘军校毕业，在东南沿海服役，经人介绍，交了个女朋友。女友姓杨，个子高，肤色白，温柔懂事，还有大学文凭。

　　小潘回老家征求意见，爷爷坚决反对，他说："自从赵匡胤坐汴京，千百年来，潘、杨两姓不结亲，这规矩不能破。"

　　小潘的姑父听说此事，很为年轻人着急，就去做岳父的工作。他先为两个年轻人说好话，最后说："人家是忠臣，咱是奸臣，人家不说啥，咱还能说啥。"

　　一番话，老人幡然醒悟，不再阻拦。

　　如今，这对小夫妻恩恩爱爱，小潘在部队是营长，小杨在一单位做会计，一双儿女活泼健康，两亲家和睦相处，周围人都投以羡慕的眼光。

2017 年 6 月 24 日

联想记忆法

老于年近六旬，记忆力渐差。昨晚上看的电视连续剧，隔夜竟记不起剧名。他问识字不多的爱人，爱人说叫什么裤裆钻风来着……老于说："不对，上电视的咋能叫这名字。"但他相信，老婆子说的肯定离剧名不远。老于围绕裤裆钻风联想，猛然想起来了，剧名叫《夹缝》。老于感慨道："这叫联想记忆法，老婆子比我强。"

2019 年 1 月 6 日

"敬德哥，我还下去不下去呀？"

从前，有一闲汉，身无长技，在社会上漂泊混衣食。一日，他来到某地戏园子大门口，看到戏报曰将上演《敬德打虎》，心想："别的角我演不来，扮个老虎还是没问题的，如得依允，也可挣些散碎银两支用。"

事有凑巧，偏这剧团演虎之人家有急事离团，掌门人就应允该人演虎。戏台上敬德痛打猛虎，怎奈虎不倒地，与敬德死活缠斗。敬德渐渐力不能支，被"猛虎"撞跌到戏台下。"猛虎"赶忙趴到戏台边上，对着敬德开了腔："敬德哥，我还下去不下去呀？"

2018 年 7 月 22 日

辑三　洛溪杂谭

京剧《玉堂春》的一句唱词

　　近日看到一个资料，当年有人看过京剧《玉堂春》后说，有两句唱词不恰当。说是"苏三离了洪洞县，将身来在大街前"，既然离了洪洞县，怎么还将身来在大街前呢？愚以为，苏三唱的"县"其实指的是洪洞县衙。正所谓"洪洞县里没好人"这句戏剧演绎词，不是说全县就没好人，"没好人"意指当时洪洞县衙里贪赃枉法的人太多，官场太黑暗。

2016 年 4 月 2 日

清人蘅塘退士不赞同《千家诗》
独选律、绝体

　　蘅塘退士选编的《唐诗三百首》，古体、近体兼收并蓄，自问世以来，童叟喜诵，家喻户晓，历数百年而不衰，其影响远大于《千家诗》。蘅塘退士不赞同南宋谢枋得编《千家诗》独选律、绝体，有《唐诗三百首》编者《原序》为证：

　　　　世俗儿童就学，即授《千家诗》：取其易于成诵，故流传不废。但其诗随手掇拾，工拙莫辨，且止五七律绝二体，而唐宋人又杂出其间，殊乖体制。因专就唐诗中脍炙人口之作，择其尤要者，每体得数十首，共三百余首，录成一编，为家塾课本，俾童而习之，白首亦莫能废，较《千家诗》不远胜耶！谚云："熟读唐诗三百首，不会吟诗也会吟。"请以是编验之。

2016 年 11 月 29 日

洛溪斋随思录之一

人大都爱扶竹竿，不爱扶井绳。

人间的黑与白，并不像颜料那样分明。

八拜之交，金兰之好，假以时日，虚伪客套，关键时刻，用人难找。

落网兔剥皮丢脸，脱网兔侥幸健忘。

二月河说，沿着正确的路疯狂地走下去，这就是天才。此言我信。

2017 年 9 月 9 日

洛溪斋随思录之二

人人皆可为尧舜，只是历练不够，努力程度不够。

晋陶渊明之类型者，历史上总是有的，只是少。

读自传和回忆录，考量真实性要注意打折扣。

守规矩的人终究不吃亏，人亏他，天补他。

2017 年 9 月 10 日

莫做太阳山上的老大

从前有弟兄俩，哥哥楼宇成片，土地千顷，妻小盈门；弟弟居茅舍，无耕地，无妻室，一贫如洗。

一日弟弟悲涕于山林，一只凤凰飞来，问明原委，便让弟弟骑在自己身上，飞向太阳山去拿些金子度日。凤凰在飞翔过程中对弟弟说："山上金子堆积，你抓紧时间拿，趁太阳不在山上，我们原路返回。如果拖延时间过长，太阳一回来，我们走不脱，都要被烧死。"弟弟遵凤凰言，在太阳山上拿了两块金子就马上返回。回来后，盖了新房，置了地，又娶了媳妇，日子过得很美满。

老大见老二富足了，就去问原因，老二如实说了。于是老大准备了一条大口袋，在老二哭的地方佯装痛苦。一会儿，凤凰飞来了，看老大哭得可怜，就驮上老大也飞上了太阳山。老大贪心，口袋装不满不回，拖延时间较长，凤凰连连催促，老大只顾装金子，不理不睬。一会儿，太阳回来了，凤凰飞走了，老大被烧死了。

2017 年 10 月 6 日

注：太阳山的故事源于 20 世纪 50 年代小学语文课本。

苦难是福

古人对苦难是福的高论甚多，现顺便捡来几句。

"嚼得菜根，百事可做"，是说吃过苦的人，什么事情都能做得好。

"君子之泽，五世而斩"，是说在优裕环境中生活的人，五代不出，即有犯杀身之罪者。所谓"富不过三代"即此。

"贤而多财则损其志，愚而多财则益其过"，是说即使贤者，在养尊处优的环境中，也会消磨其优良品质。而愚者生活优裕则会更加愚蠢。

还有，"饱食暖衣，逸居而无教，则近于禽兽也"，"天将降大任于是人也，必先苦其心志，劳其筋骨"，等等。

要植大树柱长天者，就让你的儿孙经受苦难吧！

2017 年 10 月 14 日

六十年前的几条标语

　　风展红旗霞满天，跃进号角震宇寰。

　　宁争上游活一日，不甘下游活万年。

　　大干苦干加巧干，共产主义早实现。

　　火车头，冒狼烟，咱的干劲冲破天！

　　跃三跃，翻三番，文盲帽子抹一边！

　　敢想敢干扫暮气，人定胜天出奇迹。

2020 年 11 月 27 日

人至无求品自高

　　人到了看山是山、看水是水的境界，无求，无畏，是人生最高的阶段。名利放下了，气血平和了，血压高的会自动降下来，其他疾病也会消失一些。但有些从官场退下来的人，总不想回归到普通的自然人状态，还在拿捏自己，还在患得患失，不放过出风头、亮虎威的机会，结果体质下降，百药难赎。

2017 年 9 月 14 日

装嫩

电视上常看主持人户外采访，或到养殖场、加工厂、餐饮操作间，登山涉水去目的地，等等。有的女主持人入乡随俗，从众不娇气，摸爬滚打，像模像样，亲切可爱。但也有的女主持人，自我金贵，自命不凡，一副不食人间烟火的样子，装嫩，装痴，故作姿态，好像生产、生活等粗糙活与她们本就无缘似的，令人小瞧、耻笑。常听见电视机前的观众斥之：装什么嫩？若放逐你于孤岛上，扔你到荒郊野外，看你还装不装！

2018 年 1 月 7 日

偷得闲来多看戏

现在的人，因有电视、网络，能看到各种剧种的戏剧，如京剧、豫剧、越剧、评剧、黄梅戏等。特别是传世千百年的古典戏剧，情节、唱词、对白，都是经过千锤百炼的，恰到好处，可谓唱词优美、情节巧妙、对白精到。加上优秀艺人声情并茂的表演，观戏如啖醍酪。且传世之好戏，对世人颇有教益，不失为人生的百科全书。翻罢古典诗词，再享戏情戏词戏韵之高雅，实乃当世我辈之福也。

2018 年 8 月 18 日

漫长的二十三年

二十三年前，扶沟县人民的钱包丢了，上个月又找到了。当年钱包是地方政府给弄丢的，如今政府在群众的怨声中又把钱包给找回来了。政府关爱人民，人民也因长期失物而复得念政府的好，一时间人人奔走相告，网上报喜。

1995 年，县政府招商引资修路，在扶沟城西七公里处的 311 国道设韭园收费站。1996 年又是招商引资修路，在县城北三公里处的 102 省道设大李庄收费站。从此，扶沟人出入之迁也，因车辆收费屡屡与当地人发生矛盾；外地客商也因该收费站的设置避扶沟不来或少来。货畅其流，道贵通达。从此，扶沟发展鹅走鸭行。近年来，在全国大撤公路收费站的背景下，全省仅留的个位数外商投资收费站中，扶沟全留独占鳌头。

　　扶沟人因此怨恨之声四起。县政府经艰难谈判停了韭园收费站，历经漫长的二十三年，从此扶沟至许昌、郑州不再受限。然而，扶沟人心里总存些许酸楚，这滋味，只有扶沟人才体会得最深刻。

2018 年 9 月 17 日

由温州叫花鸡想到的

20世纪末，温州叫花鸡（烧鸡）传到豫东某县，店铺名称叫温州骨里香叫花鸡。

这种烧鸡个头适中，外表金黄，味道鲜美，且价格比当地烧鸡低廉，故而热销不衰。当地传统烧鸡，颜色老，个头大，价格偏高，且手拿烧鸡过秤，看上去不甚卫生，一时处于竞争劣势。当地经营户仗着是本地人，不习惯于公平竞争，总想赶跑温州人。他们夜里砸破温州人店铺的玻璃，寻衅打伤温州人。这些举动，引起了群众的不满，纷纷谴责砸店打人者。当地有关部门也过问此事，不正当行为方有所收敛。温州人坚韧不拔，坚持经营不退缩，终于站住了脚。

由此想到国内知名公司在美国，在加拿大，在西方世界的处境，类似当年的温州人。

2019 年 1 月 10 日

择偶之思索

择偶是人生重大课题，偏要放在涉世不深的青年肩上，实在是难为后生了。

现象和本质往往是颠倒着反映的。

轻信是自己的敌人。

2019 年 7 月 30 日

自作自受是中性词

曾仕强教授讲《易经》，引出一个观点叫：自作自受，好人好自己，赖人赖自己。什么意思？京剧《朱砂痣》可得诠注。

北宋末年，金兵南下，太守韩廷凤避祸途中丢了儿子，又因此丧了夫人，后去官隐居民间十余载。年岁渐长，老无子嗣，就应媒人之言，再娶江氏为妻。新娘过门，啼泣甚哀，韩问起情由，知江氏因丈夫贫病交迫，不得已卖身救夫。韩怜之，非但不要聘银百两，又赠百两济困银，当日差人送其回家，使其夫妻再得相聚。江氏丈夫因得恩人相济，喜极大汗，病疴尽消。夫妇得知韩太守求子心切，极力报答，遂在商旅四川途中，用韩太守所赠银两买一男孩送与太守。太守因验得孩童脚上有颗朱砂痣，确定其正是自己十多年前走失的儿子韩玉印。太守因坚持做好人好事，茫茫人海，失而复得亲骨肉。自作自受，人们常作贬义词，实则中性词，既可用作行为不当者，又用作良善之举的因果报应。

2019 年 10 月 5 日

想起《下陈州》

　　豫剧《下陈州》，说的是陈州荒旱，民不聊生，四国舅放粮，贪赃枉法。包公定其死罪，要开铡问斩。眼前三口铡：狗头铡、虎头铡、龙头铡。国舅看无生望，仍昂昂不倒威，大声喝道：我乃皇亲国戚，只要龙头铡伺候。湖北省一退休副厅级者，一家三口染上了新冠肺炎，劝其住院治疗，扭捏作态，要求全家住一起，不坐救护车，要坐公务车，要求高于普通人的治疗待遇。其行径立即遭到大家反对，都什么时候了，还不忘搞特权。在这一点上，像不像四国舅？非常时期，万民抗疫，资源受限，还要摆谱。

2020 年 2 月 17 日

感人即好诗

《唐诗三百首》收录陈子昂《登幽州台歌》，
诗曰：

> 前不见古人，
> 后不见来者。
> 念天地之悠悠，
> 独怆然而涕下。

初唐人陈子昂，怀才不遇，报国无门，独登古
招贤台，毫不掩饰苦闷悲愤之情，慷慨悲吟，语言
苍劲，明朗刚健，意境雄浑，一扫齐梁浮艳纤弱
之风。

这首诗非律非绝，不对仗，不押韵，为何能收入《唐诗三百首》？情真意切、感人肺腑是首要因素。

感人是第一位的，感人即好诗。格律守得再好，如若味同嚼蜡，亦不能算好诗，或不能称为诗。

2018 年 10 月 20 日

附　**洛溪斋诗草**

《野酸枣》出版感怀

十年觅小诗，

常怀家国忧。

作歌秉正气，

讽喻驾孤舟。

义愤吟当戈，

伐弊忘情仇。

冷眼向邪祟，

俯首孺子牛。

2013 年 9 月 9 日

闲适歌

心无纠结事，

粗茶淡饭香。

杜康陈年酒，

日呷不足两。

睡眠有规律，

运动恰适量。

花蔬勤打理，

趣园泥土香。

家务乐而为，

闲暇读华章。

有感寻佳句，

得诗心欢畅。

岁增人宽厚，

行止出善良。

应天适地者，

当为福绵长。

2014 年 1 月 16 日

注：《闲适歌》发表于《洛阳晚报》2017 年 2 月 15 日。

牵挂

春节团聚后，
儿女辞双亲。
黄淮风雪骤，
宁洛途中人。
驱车千里险，
高堂倍担心。
忽报金陵到，
饭香睡梦深。

2014 年 2 月 9 日

岁月随想三首

一

青春灿如花，

风雨不相怜。

华年常入梦，

故人千里远。

二

西风凋碧树，

霜雪严相残。

寒苦终有时，

冬去春盎然。

三

关闭一扇门，
开启两扇窗。
少壮劳心志，
老大得安康。

2014 年 5 月 16 日

洪洞大槐移民扶沟史姓今昔吟略

话说元朝到末年，

中原杀伐兵祸连。

水旱蝗疫并施虐，

尸骸横野少人烟。

禾田荒残路榛莽，

城郭废墟州降县。

大明初定百待兴，

移民固本国策先。

山西中南洪洞县，

汾水长流沃两岸。

人口稠密均田少，

官府移民不容缓。

大槐树下移民局，

催促县民出晋南。

冀鲁豫皖重灾区，

洪洞移民创业艰。

洪武永乐五十载，

十又八次民远迁。

史姓先祖讳卜成，

大槐树下认领凭。

官方川资发到手，

携家带口赴豫东。

豫东洪洞千里远，

徒步昼夜赶路程。

饥渴病患任由之，

日顶烈日夜伴星。

借问扶沟何处是？

许昌向东百里行。

官派县城西十里，

占岗而居事织耕。

黄河屡溃水临岗，

史家无虞得安宁。

岗上遍植柿子树，

子孙乐享五百冬。

先祖卜成墓完好，

后人祭祀永未停。

史氏繁衍三十世，

四千余口人丁盛。

硕士博士博士后，

效力祖国得敬重。

我于今年九月初，

携眷三代至洪洞。

祭拜祖先意绵绵，

大槐树下思千重。

汾水入黄流晋豫，

古槐见证故土情。

2014 年 11 月 10 日

好诗不限律绝

唐代孟郊《游子吟》，

五言六句有诗魂。

非律非绝乐府体，

感染千年诵读人。

2014 年 12 月 8 日

新游子吟

母亲年迈住老家，
岁将九十体魄差。
离乡游子怀隐忧，
一年四季总牵挂。
手机昼夜不关机，
关键时刻好通话。
天气预报天天看，
最为关注是老家。
暑天电扇忧长吹，
冬月取暖怕灾发。
雨雪到来少走动，
年老更怕行路滑。
齿衰饭菜需烂软，

诸家弟妹可记下？

乐善好施母常为，

不知何时缺钱花。

家长里短是非多，

吃好睡好肚量大。

又是一年母增寿，

权收隐忧梦景华。

2016 年 1 月 26 日

正月初四驱车自鄢陵北至长葛古桥镇

坦途东西共南北，

麦苗复垄含烟翠。

几株高树悬鸟巢，

傍道乡学楼宇辉。

村头板弦说今古，

豫腔豫调绕天飞。

家家门楼新春联，

喜鹊鸣枝报吉瑞。

村中童稚不燃炮，

门前没有醉人归。

小镇不乏大气象，

各式轿车排成队。

鸡鸣三县偏僻地，

如今长流武陵水。

2016 年 2 月 15 日

故地重游吟怀

路不平，

灯孤明。

尘土扬，

花草荒。

污水臭，

垃圾脏。

商贩喇叭叫，

人车夺路忙。

细节决定成与败，

城市管理大文章。

治所依然故交叹，

为政不为愧俸粮。

君不见，

周边皆流桃源水，

何不引来惠一方。

2016 年 6 月 21 日

打好脱贫攻坚战

岁在二○二○年，

国人脱贫志非凡。

马行无力皆因瘦，

人不风流是贫寒。

初心不改共富路，

扶农脱贫理当先。

穷人有钱皆消费，

拉动内需活棋盘。

居住环境得改善，

移风易俗倡勤俭。

两个文明一齐要，

共享华夏逍遥天。

前景美好任务重，

县乡干部休偷闲。

入村入户事扶贫，

花拳绣腿不须看。

既然抓住牛鼻子，

试看二〇二〇年。

2016 年 12 月 23 日

妻姐过世十周年祭

姐姐潘淑珍，

娘家是长女。

诞于四六年，

战乱尚未息。

生于忧患时，

书读六年级。

下学务农活，

助家御寒饥。

一手好针线，

出落苗条女。

开口无高言，

处世有规矩。

转眼"文革"来，

待字大龄女。

乡村多媒婆，

几家把亲提。

信息不透明，

草率为人妻。

婆家甚贫穷，

度日无远虑。

家风有酒醉，

无粮三餐稀。

兴业乏勇谋，

致富少效绩。

姊心千千结，

绵绵无解期。

也曾突俗网，

力单终无济。

育女三姐妹，

养大已不易。

供其读大学，

如血被吮吸。

肉味久不知，

身上少新衣。

家徒四壁空，

屋漏风雪欺。

肝郁久不舒，

神志偶昏迷。

女皆大学成，

积结落顽疾。

六旬才刚过，

哀哉撒手西。

眼看光景好，

遗恨入冥域。

过世已十载，

念之泪沾衣。

故事犹如昨，

后人长叹息。

2017 年 1 月 4 日

正月吟怀

出身农家爱农田，

粗衣粗食到成年。

中学时正值"文革"，

雄文四卷熟读遍。

返乡躬耕终不悔，

悯我农家时日艰。

四十八年是党龄，

爱党爱国志弥坚。

年岁同步新中国，

世事沧桑总归眼。

哲学名著最爱读，

胸有乾坤不受骗。

改革开放富强路，

中华腾飞万民欢。

民心向党今最好，

惩腐勤政是模范。

中纪英勇屡擒"虎"，

我斥邪祟正本源。

初心不改吟当戈，

护卫华夏万里帆。

2017 年 2 月 4 日

赏月寄怀

上元星疏冰轮腾，

一月清辉九州同。

佳节思友老愈甚，

共祝寿比南山松。

2017 年 2 月 12 日

诗歌创作一孔之见

诗歌初吟成，

最好放几天。

一日数次读，

毛病立刻现。

立意不恰当，

角度要更换。

字词拿不准，

赶快翻字典。

窄韵易迟滞，

宽韵过千山。

格律苦吟得，

古风意当先。

总觉不满意，

弃之废纸间。

自感七成好，

传于友人看。

吟罢有写处，

微博真方便。

作诗难易乎？

痴迷感诗仙。

2017 年 3 月 2 日

狗患

太平盛世好，

万民乐逍遥。

逸居养宠物，

任选畜鱼鸟。

天地循和谐，

物极必叛道。

小区养狗事，

议议有必要。

咱家环境好，

溪流相环绕。

绿树红花多，

凉亭通小桥。

健身有去处，

外人争说好。

如今养犬多，

遛狗起得早。

黎明狗乱窜，

晨练伴狗叫。

暮晚寻清静，

有狗相骚扰。

草坪遗狗溺，

花荫染狗毛。

有狗不牵绳，

狗狂如虎豹。

吠人且抢道，

行人忙避逃。

狗患处处在，

时有人被咬！

小区宜居住，

不堪狗喧嚣。

照此不改变，

品位落下梢。

共处有原则，

邻居勿相扰。

但愿人长久，

和谐万般好。

2017 年 6 月 14 日

醒世歌

直如线义为官，

曲如钩窥公侯。

直不折节家常饭，

阳奉阴违享大餐。

会议桌上呼风雨，

伪装背后品不端。

有谁知：

昨日施淫威，

今日入牢监。

丢了朝笏板，

换上囚衣穿。

守法之人天伦乐，

阶下之囚日如年。

谁叫你贪腐？

谁叫你蜕变？

悔不当初清与慎，

晚！晚！晚！

2017 年 7 月 6 日

报恩曲

母怀婴孩苦，
九死生儿郎。
养育更艰辛，
医病调营养。
冬夏缝衣被，
一夜到天亮。
变卖又借贷，
送儿入学堂。
继而愁嫁娶，
操办忙断肠。
父母恩如山，
儿女无以偿。
下辈欠上辈，

代代不清账。

如今父母老，

背驼发苍苍。

半辈黄连苦，

盛世享蜜糖。

儿女孝父母，

床前莫嫌脏。

我对父母孝，

儿孙有榜样。

中华盛德美，

代代永传扬。

2017 年 7 月 14 日

家国情思

跨过激流越险滩，
贫穷饥饿抛一边。
六十余载无战乱，
家国锦绣似花园。
英雄捐躯垂千古，
先贤苦斗功比山。
常羡童稚生逢时，
占尽世纪拱轩辕。

2017 年 7 月 15 日

陶潜与郑燮

不食皇家粟，

不看官僚脸。

开荒南野际，

写竹换酒钱。

辛苦甘如饴，

怡然天地间。

气节群山仰，

官蠹垂汗颜。

2017 年 7 月 27 日

惊秋

玉簟生新凉，

寒蛩入夜啼。

一年又过半，

日月催人急。

2017 年 8 月 27 日

初秋乘高铁自洛至宁有感

动车起步疾如风，
秋稼盈野去匆匆。
速缓欲停定睛看，
玉米水稻方辨清。
四野广植无闲地，
星罗棋布分纵横。
农业耕作机械化，
老农也有好收成。
规模种植大可为，
小户耕种也可行。
凡事切莫绝对化，
历史教训常鸣钟。

2017 年 9 月 3 日

秋收

农家八月人倍忙，

才刈麻谷豆叶黄。

玉米水稻大登殿，

花生出土阵阵香。

家家都有金色梦，

留足口粮卖余粮。

如今国家政策好，

免税反哺惠农桑。

2017 年 9 月 13 日

平民乐

做工种田四季辛，

各有梦想双手勤。

岁暮挣得千万钱，

供儿读书养尊亲。

平凡世界平安福，

痛并快乐度百春。

胜似贪官钱过亿，

牢狱之灾折磨人。

2017 年 9 月 13 日

讽喻诗赞

讽喻诗承白乐天，
但求国泰与民安。
饥妇秉穗"观刈麦"，
谀官进奉"红线毯"。
皇宫欺压"卖炭翁"，
军霸民树"紫阁山"。
古风标新堪大任，
近体守常弄花拳。

2017 年 9 月 17 日

鲁迅诗赞

拟古的且拟古，

作愁的且作愁。

花红柳绿夺眼球，

众声喝彩，

过目飞到天尽头。

鲁迅歌吟动地哀，

讽喻，呐喊，暴露，

只是做吴钩。

世事洞达济苍生，

永远去战斗。

2017 年 9 月 27 日

黄淮农家忆

秋雨连绵思故园，
黄淮四十多年前。
农家秋收怕秋雨，
薯片发霉先生黏。
玉米萌芽大豆胖，
翻晒无日农忧伤。
好粮爱国入国库，
劣粮自留做口粮。
萝卜炒菜唯有咸，
少油缺酱味不香。
红薯汤加红薯馍，
一年红薯半年粮。
常吃红薯胃生酸，

药房畅销苏打片。

农闲缺柴拉煤去，

二百里路入西山。

人力拉车车如龙，

返程重载驾风帆。

沿途干店麦秸铺，

一夜收取一角钱。

妻小接车百里远，

唯恐累坏丁壮男。

家无细粮怕来客，

客来出门忙借面。

一年不吃几回肉，

鸡蛋带温换油盐。

吃苦耐劳老农民，

习以为常少怨言。

改革开放如春风，

农民从此多笑颜。

2017 年 9 月 27 日

兵燹吟

近代兵火百十春，
列强漂洋破国门。
坚船利炮无敌手，
踏门入户夺金银。
杀人如麻毁文明，
枪炮掠财渐成瘾。
今日结帮又拉派，
恃强凌弱做主宰。
百年兴兵连欧亚，
焦土墟里民悲哀。
年年生战在异国，
岁岁殒命娘无孩。
杀人千名自八百，

兵丁域外多遗骸。

穷兵黩武卖军火，

富人血泊好求财。

别国发展使绊子，

不遂我意就制裁。

出尔反尔胡乱语，

文明世界成公害。

人心相悖骂商纣，

以邻为壑自先衰。

东方大国日日盛，

火阵野牛声声哀。

2017 年 10 月 10 日

邻里之道

邻里相睦百事好，

勿疏勿密为信条。

言行永不伤他人，

和平共处基础牢。

2017 年 11 月 6 日

平野晚秋

秋风带雨宇无尘，

落叶纷纷遍地金。

千村删繁新姿爽，

万顷麦苗绿如茵。

2017 年 11 月 16 日

吟怀

风花雪月吟兴渺，

忧国思危起诗涛。

独怜南唐李后主，

丽词囚首恨难消。

2017 年 12 月 11 日

教子吟

休耽如今日顺流，
教子须臾不可丢。
儿女降生父母喜，
立世成才代代忧。
启蒙教育父母责，
耳濡目染记心头。
父母素质是基础，
子女遇事有弃守。
孔孟礼仪国学重，
马列主义要研修。
打铁先得父母硬，
子女才有绕指柔。
父母具有是非观，

子女成长不陷沟。

以其昏昏何昭昭？

望子成才先自优。

2017 年 11 月 26 日

盼雪

云幕低垂风不扬，
柳絮舞空正化妆。
昨报琼姑今晚至，
家家争怨白昼长。

2018 年 1 月 2 日

为夫人暨高中同窗潘书然题诗

潘门淑女把春探，

书生联姻时正艰。

然妻若无甘苦志，

哪有如今四月天。

2018 年 2 月 5 日

注：笔者夫人生日乃农历正月初六，是为"把春探"。

戊戌戍戎四兄弟

百日维新百二年，
戊戌变法起尘烟。
木兰戎机关山度，
戍边卫国万民安。

2018 年 2 月 22 日

漫步南京秣陵道

新居江宁秦淮滨，

教堂钟声警世人。

农工仕商各奔忙，

春明景和万象新。

2018 年 3 月 11 日

伊河吟

伏牛山涧水，

九曲入陆浑。

小憩联欢后，

逶迤奔龙门。

攻阙下黄河，

东溟见广深。

2018 年 3 月 14 日

秦淮吟

秦淮河水流千年，
商女八艳付笑谈。
今朝江宁世风淳，
血泪胭脂变清泉。

2018 年 3 月 30 日

诗论

近体设置禁忌多，

古风解语易吟哦。

近体循规意难尽，

古风佳篇壮山河。

盖唐《春江花月夜》，

千年争咏《长恨歌》。

除却律绝不为诗，

误人误己本谬讹。

2018 年 7 月 22 日

老同学聚会感怀

女生皆老妪，

男生白头翁。

乡音未曾改，

相见认不清。

各自故事多，

磨难一般同。

风雨奔七路，

岁月似雕工。

2018 年 12 月 4 日

同窗百态吟

与新中国一同长大，

奔七路上沧桑满颊。

时代狂飙风雨万家，

同窗故知千变万化。

仕途路上折戟沉沙，

三尺讲台粉笔生涯。

躬耕田野种收无暇，

听使当差许身公家。

寻路觅福随夫远嫁，

天不假年弃子抛家。

晚来多疾独卧病榻，

英雄末路少说为佳。

尝遍苦辛世事洞察，

历尽劫波胸有天下。

晚逢盛世百事可嘉,

失之东隅收获晚霞。

2018 年 12 月 6 日

冬至随想录

冬至昼长夜始短，

二十四时一天天。

志存高远莫懈怠，

业精于勤荒于闲。

2018 年 12 月 22 日

牡丹仙子

绿肥红瘦四月天，

洛阳城里少牡丹。

借问花魁何处去？

雍容华贵进嵩山。

2019 年 5 月 11 日

注："四月"指农历四月。平地牡丹已渐谢，山中牡丹
始盛开。

游莫干山

浙北德清莫干山，
凭山南望是临安。
风景秀美甲天下，
民国显贵纷圈占。
五百别墅今犹在，
狂飙当年鸟兽散。
改天换地沧桑道，
千载荣华梦易残。

2019 年 5 月 19 日

人生

呱呱坠地入凡尘，

千呵万护始成人。

盼龙盼凤家族梦，

受苦受累父母心。

白驹过隙终生短，

苍茫天地了无痕。

总有英杰垂青史，

不甘落寞靠打拼。

2019 年 6 月 11 日

悼英烈勿忘本

民族民主求解放，

中华儿女赴国殇。

英雄壮举感天地，

艰苦卓绝斗虎狼。

不是先贤忘生死，

哪得人民享安康。

饮水思源祭烈士，

世世代代永传扬。

2019 年 6 月 16 日

天将降大任于是人

人世遭逢实难料，

少时苦厄是良药。

上天降灾本有意，

要为凡间造英豪。

2019 年 6 月 27 日

无题

名花圣洁应时开，

八方狂蝶翩翩来。

春风无意红颜老，

飘飘摇摇入尘埃。

2019 年 8 月 17 日

老来乐

当年供职在府门，

钟点催促度晨昏。

勤谨做事守纯洁，

寒暑挑灯写公文。

缛节养冗烦不胜，

羁鸟快快常思林。

盼来船到码头日，

畅怀追梦吟古今。

2019 年 12 月 15 日

诗言志

岁知天命乐吟怀，
诗草三百随感来。
苍生苦厄动恻隐，
世间邪祟诛丑态。
胸中块垒化乌有，
笔下韵文凝喜哀。
唯物主义无所惧，
咏罢桑田咏沧海。

2020 年 4 月 14 日

离别曲

老幼曾经离别苦，

四时不乏辞行人。

父母儿女情侣泪，

家国图强各奔寻。

2020 年 5 月 10 日

趣园随吟

我家阳台四十平，
绕阶砌池事农耕。
野外运来好泥土，
果皮厨余埋其中。
夏种苋菜间荆芥，
冬植香菜上海青。
桃李石榴葡萄树，
都是趣园自然生。
爱苗如子不忍拔，
物我相谐互有情。
石榴葡萄挂满枝，
南国橘柚郁葱葱。
一个冬瓜十八斤，

苦瓜甜瓜坠篱棚。

清晨起床第一事，

阳台巡视兴冲冲。

眼勤手勤添肥水，

培土除杂不放松。

趣园十年益身心，

享受皆在一过程。

2020 年 5 月 16 日

歧路灯

失误人常有，

弯路人曾走。

智者闻过喜，

愚者讳其丑。

家国事皆然，

鉴史知去留。

发展讲科学，

万马跃神州。

2021 年 10 月 20 日

《洛溪斋随笔》付梓随吟

与共和国同龄，

历七十年乾坤。

正三观仗义褒贬，

歧路灯昭示行人。

录逸事以正视听，

说民瘼以鉴古今。

论诗意为首，

撰文情归真。

言简不赘，

惜墨如金。

效南宋之洪迈，

法现代之鲁迅。

2022 年 8 月 26 日